Le cheval qui sourit

Chris Donner

Le cheval qui sourit

Illustrations de Philippe Dumas

Mouche de poche
l'école des loisirs
11, rue de Sèvres, Paris 6e

© 1992, l'école des loisirs, Paris
Loi numéro 49.956 du 16 juillet 1949 sur les publications
destinées à la jeunesse : septembre 1992
Dépôt légal : mai 1993
Imprimé en France par Mame à Tours

 *à Paul Geslin*

C'était une vieille école de village, avec un préau, des cabinets au fond de la cour, et la maison du maître.

En quelques années, le village avait perdu la moitié de ses habitants, la moitié de ses enfants, la moitié de son âme.

Qu'est-ce que c'est la moitié d'une âme ? C'est rien, c'est la mort.

Le maître d'école voulait lutter contre la mort du village. Il disait :

– Il faut intéresser les enfants à quelque chose avant qu'il soit trop tard.

Alors il avait eu cette idée d'acheter un cheval.

Il avait d'abord clôturé la prairie autour de l'école, puis, avec l'aide des

enfants, il avait construit un box, très spacieux, et aussi un hangar pour stocker la paille et le foin. Les enfants s'étaient montrés pleins de ferveur, ils étaient pressés de voir arriver l'animal.

– Je ferai du rodéo, disait l'un.

– Et moi je ferai la course avec les voitures !

– Moi, je lui mettrai des ailes et on s'envolera !

Certains rêvaient seulement de s'en occuper, le laver, le bichonner, comme une poupée…

Le maître d'école était très heureux d'assister à la naissance de toutes ces passions. Il disait toujours :

– Lorsqu'un enfant est pris de passion pour quelque chose, je considère qu'il est pratiquement sauvé…

Mais il fallait encore acheter ce cheval. Le maître avait eu bien du mal à rassembler tout l'argent nécessaire ; il avait d'abord demandé à chaque élève de donner cinquante francs, mais certains n'avaient pas pu à cause de leurs parents trop pauvres ou carrément hostiles à cette idée d'acheter un cheval. En fait, dans le village, la plupart des gens s'en fichaient. Que les enfants aient un cheval, une girafe, une souris grise ou rien du tout, ça ne faisait aucune différence. Ils étaient préoccupés par d'autres choses beaucoup plus graves : la sécheresse, les impôts, et puis surtout les «quotas laitiers», cette maladie mystérieuse, venue d'Europe, qu'on tenait pour responsable de la mort prochaine du village.

Le maître d'école avait commencé des démarches auprès de l'Éducation nationale, mais il s'était vite rendu compte qu'il n'obtiendrait rien de ces gens-là.

Les enfants commençaient à s'im-
patienter, chaque jour ils deman-
daient au maître :

– Il arrive quand, notre cheval ?

Il avait alors été à la mairie,
qui, après de nombreuses réunions
d'étude, avait finalement consenti
une subvention de mille francs. Mais
ce n'était pas encore assez.

C'est alors qu'un dimanche, les
gens du village, de plus en plus
révoltés contre les fameux quotas
laitiers, décidèrent de monter à
Paris et de crier leur misère sous les
fenêtres des ministres et du président
de la République.

Bien sûr, ils n'avaient pas voulu

emmener les enfants avec eux, et ils les avaient confiés au maître d'école.

Il y avait une drôle d'ambiance

dans le village désert : plus de voitures, toutes les boutiques fermées, même le curé avait renoncé à dire la messe.

Le maître d'école avait alors rassemblé tous les enfants et il leur avait dit :

– C'est le moment ou jamais : allez casser votre tirelire pour de bon, et nous irons chercher le cheval.

Aussitôt dit aussitôt fait : tous les petits cochons furent brisés.

L'argent fut empilé par pièces de dix, vingt et cinquante centimes, puis les pièces de un franc, de cinq francs, mais il n'y avait pas une seule pièce de dix francs. En fait, même avec toute cette ferraille, on était encore loin du compte.

Fallait-il renoncer à ce projet? Fallait-il dire aux enfants: «Eh bien non, vous n'aurez pas de cheval.»

Le maître ne s'en sentait pas le courage, et finalement, plutôt que de décevoir les enfants, il avait sorti ses propres économies : près de mille cinq cents francs. Si on comptait les frais déjà engagés pour la clôture, le box et tout le tintouin, on pouvait dire que le brave homme s'était saigné aux quatre veines pour avoir cet animal.

– Voilà, dit-il en revenant de son bureau, le compte y est. Maintenant, allez vous préparer un casse-croûte pour la journée.

Vers neuf heures, tout était prêt, chacun avait sa petite gourde remplie d'eau et son morceau de pain copieusement garni de jambon et de fromage. Et les voilà partis en file

indienne le long de la départemen-
tale, le maître d'école ouvrant la
procession.

*
* *

Ils avaient marché dix-sept kilomètres, et, aux alentours de midi, ils
apercevaient enfin les premières clô-
tures blanches du haras de Boisrival.

Il avait été convenu avec M. le
comte de Vilechaise que les enfants
s'installeraient sous les platanes de
l'allée du château pour casser la
croûte. Tout était splendide, comme
un décor de rêve : on entendait la
rivière, les oiseaux, un très léger vent
dans les arbres. On pouvait voir, non

loin de là, les poulinières en compa-
gnie de leur poulain. Tout était beau,
paisible et émouvant. On eut la sur-

prise de voir des paons, trois paons
splendides qui traversaient l'allée

ombragée, avec des gloussements aristocratiques, et surtout ils faisaient la roue, ce qui n'arrive qu'une fois ou deux par jour, ceux qui ont visité les zoos le savent.

À la fin des sandwichs au jambon et au fromage, M. le comte de Vilechaise était venu lui-même apporter des fruits aux enfants.

– Des poires du verger, avait-il dit, et du raisin blanc d'Italie.

C'était un vrai délice.

À présent, il fallait songer un peu aux affaires.

– Venez, avait dit le comte au maître d'école, nous allons régler ça au salon.

C'était un salon très cossu, tout en velours et en tapis d'Orient. Aux murs étaient accrochés des tableaux assez sombres représentant les plus beaux chevaux du haras depuis 1780. Certains avaient été peints par Alfred de Dreux, et le maître d'école en était fort impressionné.

– Voulez-vous un cigare ? lui avait proposé M. de Vilechaise.

Il avait poliment refusé et, ne sachant pas quoi dire, il avait commencé à sortir l'argent de sa poche. Trois mille cinq cents francs en billets de cent francs, puis en pièces de cinq, de un, et toute la ferraille à suivre.

M. le comte observait ces piles de monnaie avec une certaine réticence.

— Les enfants ont dû casser leur tirelire, expliquait le maître d'école.

Mais l'aristocrate n'était absolument pas sensible à ça, il s'écartait du

guéridon sur lequel le maître d'école alignait les piles, il avait un air pincé, comme si tout cet argent sentait mauvais.

– Je vais vous donner Bir Hakeim, dit-il. C'est le cheval qu'il vous faut.

Bir Hakeim avait huit ans, c'était un trotteur français sans grandes origines, mais il avait tout de même remporté quatre courses et trente-huit places sous les couleurs du comte de Vilechaise. Il avait payé son avoine, comme on dit, mais, lors de sa dernière course, le pauvre Bir Hakeim s'était montré vraiment pitoyable en terminant dernier. Personne n'avait su expliquer cette défaillance, on pensait qu'il était vieux, voilà tout, et, sans chercher plus loin, on avait décidé de mettre fin à sa carrière.

– À son âge, il ne gagnera plus rien, avait dit M. le comte. Sauf l'argent que nous en donnera l'équarrisseur.

L'équarrisseur, c'est celui qui abat les animaux et qui les découpe en morceaux pour en faire de la viande et du cuir.

La décision était prise, il suffisait de téléphoner. C'est alors que le maître d'école avait appelé au haras pour demander s'il n'avait pas un cheval à vendre. Un animal gentil, avait-il précisé, c'est pour des enfants.

– Vous tombez bien, lui avait-on répondu, nous avons exactement ce qu'il vous faut.

Et c'est ainsi que Bir Hakeim avait été sauvé de l'abattoir.

Le dimanche, lorsque le maître d'école avait expliqué aux enfants ce qu'était un équarrisseur, tous avaient frémi, même les garçons, même ceux qui avaient des animaux à la ferme, des lapins, des poules et des canards qu'on tue sans faire tant d'histoires.

Même Gérald, le fils du boucher, avait frémi lui aussi en imaginant que le cheval aurait pu se retrouver sous le couteau de son père.

Après avoir versé les trois mille cinq cents francs, en billets et en pièces de dix centimes, le maître

d'école était enfin sorti du salon de M. de Vilechaise. Les enfants l'avaient attendu trop longtemps, maintenant ils se jetaient sur lui.

– Où est-il ? demandaient-ils.

– Il est noir ?

– Il est blanc ?

– Comment il s'appelle ?

– Il s'appelle Bir Hakeim.

Les enfants avaient été un peu déçus, un peu effrayés par ce nom étrange, mais finalement ils l'avaient accepté, et ils s'étaient mis à le répéter à voix haute : «Bir Hakeim, Bir Hakeim», comme si ce nom était déjà celui d'un dieu.

Le maître d'école avait alors montré le carnet du cheval, ce qu'on appelle le carnet, et sur lequel tout est inscrit : le nom du père, de la mère, les signes particuliers de l'animal, la robe, c'est-à-dire la couleur. Ils apprenaient déjà les mots «liste», «balzanes truitées», «baibrun»...

– Et qu'est-ce que ça veut dire, Bir Hakeim? avait demandé Antoine.

– C'est une ville du désert, avait répondu Magali.

Le maître était ravi de voir ses élèves apprendre des choses aussi diverses et utiles, tout cela grâce au cheval.

Il faudrait toujours que les enfants apprennent de cette manière, se disait-il.

Il rêvait d'une école où les enfants apprendraient la géographie en voyageant pour de vrai à travers le monde, une école où ils apprendraient le nom des fleurs dans de vrais jardins botaniques, et pour la géométrie, se disait-il, il faudrait faire comme les Grecs de l'ancien temps : dessiner les triangles et les cercles directement sur le sable.

C'est alors que le premier garçon d'écurie était apparu, tenant le licol de Bir Hakeim à la main.

– Allons-y, avait-il dit.
Et tous l'avaient suivi.

Alertés par cette agitation inhabituelle, les chevaux sortaient la tête de leur box pour voir passer les enfants, certains frappaient le sol de leurs sabots, d'autres soufflaient, remuaient fougueusement la tête, il n'y avait rien de méchant, au contraire, on aurait dit qu'ils étaient heureux de cette présence, car en temps normal ce haras était un lieu assez triste.

Le seul à n'avoir pas sorti la tête, c'était justement Bir Hakeim. Il était resté au fond de son box, dans l'obscurité, comme indifférent à tout.

C'était un peu étrange.

center
*
* *

Les enfants étaient maintenant rassemblés devant la porte du box, les filles se tenaient la main très fort, les garçons se bousculaient pour être les premiers. Quant au maître d'école, aussi impatient que les autres, il ne cessait de répéter :

– Soyez sages, taisez-vous !

Pourtant, les enfants ne parlaient pas, ils se tordaient le cou pour apercevoir la silhouette de l'animal, ils trépignaient, certes, mais aucune parole, aucun son ne sortait de leur bouche.

En réalité, ils avaient la gorge serrée, et ils attendaient.

Bir Hakeim était collé au mur du fond, l'encolure basse, il n'avait pas daigné tourner la tête lorsqu'on s'était approché de lui. Il avait seu-

lement couché les oreilles lorsque le premier garçon d'écurie lui avait passé le licol.

C'était au maître d'école que revenait l'honneur de sortir l'animal de son box. Celui-ci n'avait que de faibles notions d'équitation; il avait

monté des chevaux étant jeune, et même passé un concours ou deux, il y a vingt ans, mais, depuis le temps, il avait presque tout oublié. Il ne lui restait qu'une chose, une chose essentielle : son amour du cheval. Mais il savait aussi que, malgré tout l'amour qu'on leur porte, c'est avec de la fermeté qu'on obtient le maximum d'un cheval. Exactement comme avec les enfants, pensait-il souvent.

Il avait donc saisi l'animal au plus près de la bouche et, d'un geste ferme, il l'avait tiré hors du box.

Maintenant, Bir Hakeim était là, devant les enfants, et c'était quelque chose d'extraordinaire, vraiment incroyable pour les enfants, car

l'animal, en apparaissant devant eux,
s'était mis à sourire.

Depuis ce matin en quittant le
village, ils savaient bien qu'ils étaient
en train de vivre une aventure uni-
que, un voyage comme on n'en voit
que dans les livres pour enfants, ou
dans les feuilletons américains, déjà
ils étaient comme dans un rêve, mais
devant ce cheval c'était encore plus
fort, encore plus fabuleux. Bir

Hakeim avait d'abord marqué un temps d'arrêt en découvrant les enfants, on aurait pu croire que cette foule l'effrayait, mais pas du tout, il avait fait trois pas au milieu d'eux, et il avait souri.

Ce que les enfants ignoraient, ce que le maître d'école aussi ignorait, c'est que ce sourire était en vérité une grimace de souffrance. Les chevaux ne sourient pas, et, lorsqu'ils soulèvent la lèvre supérieure jusqu'au-dessus de leur naseau, ce n'est pas pour manifester leur joie, c'est au contraire parce qu'ils ont mal au ventre, horriblement mal. En terme de médecine vétérinaire, c'est ce

qu'on appelle la « détresse stoma-
cale ».

Comment les enfants pouvaient-ils
le savoir ?

Ils ne le pouvaient pas.

Ils avaient toujours aimé ce cheval, avant même de le connaître, et
à présent, croyant qu'il leur souriait,
ils l'adoraient encore plus. C'était
leur animal à eux, leur chéri, leur
trésor.

Ils avaient quitté le haras en début
d'après-midi. Le maître d'école tenait
le cheval par le licol et les enfants

marchaient derrière, toujours en file
indienne.

Et plus ils marchaient, plus le
cheval souriait.

*
* *

Ils étaient arrivés devant l'école.

– Tu es ici chez toi, avaient dit
les enfants.

L'animal, plié par la douleur,
s'était presque agenouillé. Les enfants avaient pris cela pour une
révérence. Quel fameux clown, se
disaient-ils, quelle intelligence : il a
compris que c'était sa nouvelle
maison.

– Allez, Bir Hakeim, entre, c'est
ta cour.

Comme le cheval ne bougeait pas,
ils avaient commencé à le pousser. Ils
s'amusaient bien.

Le cheval avait fini par avancer, ses sabots claquaient lourdement sur l'asphalte. Arrivé au milieu de la cour, il s'était effondré.

Les enfants ne comprenaient pas, certains voulaient encore croire à un jeu de la part du cheval, ils essayaient de rire, mais le cœur n'y était plus.

Lorsqu'ils ont vu la bave autour de la bouche du cheval, ils ont tout de même fini par comprendre que quelque chose n'allait pas.

Le cheval avait alors poussé un hennissement terrifiant, un vrai cri de douleur, et les enfants s'étaient mis à trembler.

Lorsque je suis arrivé, les enfants faisaient cercle autour du gisant, leurs yeux étaient extraordinairement ouverts et fixes, comme ceux des statues de pierre.

Je me suis approché, j'ai posé ma valise près de la tête du cheval, et je me suis mis à l'ausculter. J'ai soulevé sa paupière pour observer son œil, j'ai écouté son cœur, je sentais le regard des enfants qui suivaient mes gestes de sorcier, certains se retenaient de pleurer, et d'autres murmuraient :

– C'est M. Paul, le vétérinaire.

J'ai entraîné le maître d'école un peu à l'écart afin de lui parler :

– Votre cheval est victime d'une occlusion intestinale, ai-je dit, certainement due à des coliques très violentes. Il va mourir.

Je savais que je ne pouvais plus rien faire pour sauver Bir Hakeim, et je me suis proposé de mettre un terme à ses souffrances.

– Une souffrance inutile, ai-je dit.

– C'est impossible, a dit le maître d'école d'une voix faible.

Il était complètement anéanti par cette catastrophe.

«C'est impossible», répétait-il.

J'ai toujours eu l'habitude de traiter les animaux comme des animaux et rien de plus, je n'écoute jamais les lamentations des gens sur leur petit chien, leur petit chat, leur hamster, je fais ce que j'ai à faire au mieux des circonstances, et lorsqu'un cheval en est à ce point, si j'estime qu'il faut l'abattre, je le fais sans me laisser attendrir.

Ce jour-là pourtant, devant cet animal couché au milieu de la cour de l'école, devant ces enfants et ce maître d'école, devant la mort presque certaine de ce cheval, je me suis laissé envahir par les sentiments. Ils couraient sur moi comme des frissons et, très vite, j'ai senti qu'ils me traversaient l'âme, c'était aigu et atroce, comme une corne de licorne.

J'ai dit :
– Nous allons quand même essayer.

J'ai demandé aux enfants de s'éloigner parce que ce que j'allais faire n'allait pas être très joli à voir. Mais les enfants ont refusé, ils voulaient tout suivre jusqu'au bout, et le maître d'école n'était plus en mesure de donner des ordres à ses enfants.

J'ai dit :

– Bon, très bien, vous l'aurez voulu.

Et j'ai enfoncé mon aiguille dans le cou de Bir Hakeim, j'ai poussé le piston de cette seringue énorme, et Bir Hakeim, lentement, s'est affaissé, et puis s'est endormi.

C'est alors que je me suis fait apporter une grande toile cirée, celle qui sert pour les repas de la cantine de l'école. J'ai placé cette toile sous le ventre du cheval, et j'ai ouvert le ventre du cheval.

L'odeur qui s'en dégageait n'était pas seulement une odeur de sang, de crottin, ce n'était pas seulement une odeur dégoûtante, c'était l'odeur de la mort.

Cette odeur avait envahi toute la cour d'école, plus rien ne bougeait, pas une feuille dans les arbres, pas le moindre cri d'oiseau, la nature entière était solidaire de ce qui se passait et qui était horrible à voir.

C'était des tripes à l'air, des kilomètres de boyaux, j'ai tout sorti du ventre de l'animal, et ça s'est répandu sur la toile cirée comme un paquet monstrueux, fumant et puant.

Il y avait eu une hémorragie, l'intestin avait été percé, mais il fallait savoir à quel endroit, et vite.

La brave cantinière de l'école m'avait préparé trois grandes bassines d'eau tiède, et j'ai commencé à laver les entrailles du cheval, comme ça, à grande eau.

Ça s'écoulait sur le bitume, un liquide sombre, bouillonnant, une sorte de lave.

Personne ne bougeait.

J'ai trouvé l'endroit de la blessure,

en fait il y en avait deux. J'ai pris le
fil et l'aiguille et j'ai recousu le plus
vite possible et le plus soigneuse-
ment possible.

Ensuite, j'ai fait une chose qui a
arraché un cri à l'un des enfants : j'ai

pris les entrailles du cheval à plein bras et je les ai poussées à l'intérieur de son ventre. Puis j'ai de nouveau recousu.

L'opération avait duré moins de cinq minutes.

Je me suis penché vers la tête du cheval, j'ai soulevé sa paupière, j'ai écouté sa respiration, son cœur... Bir Hakeim n'était pas mort.

*
*   *

À présent, je n'avais plus le courage de nettoyer la toile cirée, j'ai demandé au maître d'école un petit verre de calvados et je suis resté là,

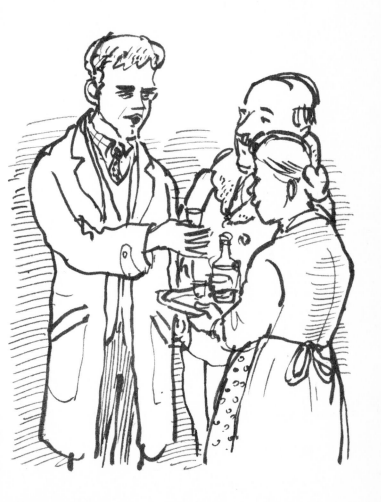

assis sur l'asphalte de la cour, atten-
dant que le cheval se réveille.

J'avais faim, j'avais besoin moi
aussi de me remettre les entrailles en
place, comme on dit. La brave dame
de l'école m'a alors apporté un
morceau de pain et du fromage de
chèvre, et c'était délicieux.

Les enfants s'étaient rapprochés de
l'animal qui ne bougeait pas et qui
commençait à transpirer très fort.
Les uns après les autres, ils venaient
poser leurs mains, comme pour s'as-
surer que Bir Hakeim n'était pas
mort, ils touchaient son poil, ils sen-
taient sa chaleur, son odeur, ils
devinaient qu'il allait mal et ils le

caressaient pour le soutenir, l'encourager, le consoler.

Peut-on savoir si cela servait à quelque chose?

Non, on ne le peut pas.

Ce qui est sûr, c'est qu'au bout d'une demi-heure, Bir Hakeim s'est réveillé.

Il n'était pas sauvé pour autant: maintenant, il faudrait qu'il ait la force de se lever. Un cheval ne peut jamais guérir en restant couché, si Bir Hakeim n'était pas debout dans quelques minutes, tout ce que j'avais fait pour le sauver n'aurait servi à rien.

Personne ne pouvait l'aider, il

fallait qu'il trouve en lui-même les forces, l'énergie vitale, l'envie simplement de vivre après toutes les souffrances qu'il avait endurées, et malgré cette longue cicatrice qu'il avait au ventre et qui continuerait de lui faire mal à chacun de ses mouvements.

Il soufflait, soufflait. Quand il a commencé à remuer les pattes, les enfants se sont écartés. Je crois qu'ils priaient tous intérieurement pour que l'animal se lève, et en même temps, ils savaient la souffrance que le cheval éprouvait.

On a entendu les sabots frotter l'asphalte, on a vu jaillir des étincelles, à cause des fers, il y avait presque une odeur de poudre. Plusieurs fois, Bir Hakeim a essayé de se dresser, mais c'était difficile, il s'y

est repris je ne sais combien de fois, c'était interminable, on en avait assez, les enfants criaient :

– Lève-toi ! Lève-toi !

Et puis d'un seul coup, ça y est, il était debout.

Immobile.

Il n'osait pas avancer, il avait encore du mal à garder son équilibre, et il est resté comme ça un long moment. À souffler, à souffrir, probablement souffrir, je ne sais pas, la souffrance des bêtes est un mystère éternel, celui qui prétend savoir est un menteur. La seule chose qu'on pouvait dire en regardant Bir Hakeim, c'est qu'il ne souriait plus.

Et petit à petit, il a eu l'envie dans les yeux, l'envie de vivre, je l'ai vue,

je m'y connais, je suis vétérinaire
depuis trente ans, j'ai vu mourir et
naître des centaines de chevaux,
chaque fois il y a cette petite lumière
qui s'allume ou qui s'éteint.

Alors j'ai su que Bir Hakeim était
sauvé.

J'ai repris ma valise de vétérinaire et j'ai dit au maître d'école :

– Il faudra lui donner ceci, et cela.

J'ai écrit sur l'ordonnance la liste
des médicaments à prendre :

– Combien je vous dois ? a
demandé le maître d'école.

Aussitôt, j'ai senti la colère en
moi, je me suis souvenu de cet
homme, ce M. le comte de Vilechaise qui avait vendu aux enfants de
l'école un cheval qui sourit, c'est-à-
dire un cheval gravement malade !
Cet homme-là est une crapule, ai-je
pensé, et j'ai dit au maître d'école :

– Ne bougez pas, j'irai moi-même chercher mes honoraires au haras de Boisrival et je peux vous garantir que M. le comte aura intérêt à me payer vite fait!

*
* *

J'ai pris ma voiture pour me rendre au haras de Boisrival. Mais sur la route j'ai été stoppé par la foule des agriculteurs qui revenaient de leur manifestation. Ils étaient fatigués, déçus par ce voyage à Paris qui n'avait servi à rien.

Ils ont voulu me raconter leur pitoyable journée à travers les rues de la capitale, ils ont commencé à

dire que c'était foutu, que plus rien ne pourrait sauver leur village, mais je n'ai pas voulu écouter ces lamentations.

Je leur ai dit d'aller retrouver les enfants à l'école. Et pour moi-même j'ai pensé : C'est comme d'habitude, ce sont encore les enfants qui vont remonter le moral des parents.